KB197813

내 마음의 촛불

윤용운

오선문예

추천글

윤용운 시인님의 글에는 섬세하고 여린 마음이 곳곳에 스며 있다

바다 하늘 풀꽃 소나무 자연을 벗 삼아 능선을 타는 글들은 독백같이 스스로 내면과 소통하고 삶을 다독이며 바르게 살기 위해 선한 길을 찾고 그 길에서 소소한 행복 꽃을 피우며 배려하고 이해하려는 마음이 돋보인다

착한 삶을 만들어 가는 시인은 그 삶을 대변하는 시구들이 빼곡하다 애틋한 가족을 눈물겹게 사랑하고 마음의 친구를 한결같이 챙기고 사랑을 찾고 꽃밭을 가꾸고 어쩌면 거대한 꿈보다는 소소한 일상이 너무나 정갈하여 은퇴를 앞둔 시기에 딱 맞게 내면을 다독이며 행복한 삶을 가꾸는 시인의 선한 마음과 정갈한 시구들이 순수하여 글이 주는 힘을 넉넉하게 확장하는 시인이다

글을 찾고 적는 참된 시인이다
첫 시집 제호를 내 마음의 촛불로 붙인 것은 촛불을 밝히는 마음으로 더 많은 글 꽃을 무장 무장 피울 것이라는 각오로 보인다

제1집에 담은 글에서 순수한 시인의 마음을 엿볼 수 있었다

글씨는 무슨 뜻일까?

「글씨는 글의 씨앗」이라는 이야기다. 사전에는 「써놓은 글자의 모양」이라고 나와 있지만 「글의 씨앗」이란 설명은 없다. 그런데 윤시인은 글의 씨앗을 찾아서 글을 만나고 있어 참으로 놀라웠다.

윤시인은 많은 시를 써서 카카 오토리에 올리고 있는데 그 양이 엄청나다. 시를 그토록 사랑하니 분명 글씨를 알고 있다는 이야기다.

시 한 편을 쓰기 위해서 까만 밤을 하얗게 새우는게 통상적인데 뭐 그냥 술술 써 내려가는 일상적인 모습은 전혀 망설이지 않고 밤 새우는 일 없이 그 주제에 대한 생각을 시심과 상관없이 쓰고 있다

특히 윤시인의 시들은 사물을 직시하고 있음을 눈여겨보아야 할 것 같다. 즉 보고 느낀 것을 매우 편안하게 사실적으로 쓰고 있다는 점이다. 고유의 서정이나 낭만보다는 잔잔한 삶을 노래하는 우리들의 이야기에 더 정감이 가는 시인이다.

미사여구로 화려하지 않게 담백하고 숭고한 정신을 들여다보게 한다. 굳이 시의 격식을 찾아간다면 행간을 다듬어서 순수한 한글의 깊은 의미를 새기면 더 좋겠다

내 마음의 촛불 첫 시집 발행을 마음 다해 축하드립니다

한벗 남창우

시인의 말

글을 시작한지 10년쯤 되는 것 같습니다
취미로 시작하였으나
가끔씩 독자들이 시집을 달라고 하면
개인 발간집이 없어서 늘 미안했습니다

오랫동안 품고 있던 글을
하나씩 꺼내고 퇴고하고 다듬어서
정성껏 엮어 보았습니다

글의 씨앗으로 독자님께
다가가는 마음은 글밭에 씨앗을 뿌려
싹을 틔우고 더 깊은 글을 적어 보겠다는
혼자만의 다짐입니다

부족하지만 내놓는
글의 씨앗 많은 애독 바랍니다
시집 편집과 추천사를 주신
오선 문예 대표님께도 감사드립니다

윤용운 시인

내 마음의 촛불

아득한 밤이면 어둠을 밝히는
내 마음의 촛불을 들었습니다
그대 오시는 길에 길 잃지 않게
해님 대신 촛불을 밝힙니다

하얀 기둥은 나의 마음이고
불꽃은 희망입니다
촛대를 태우며 흘러내리는
촛농은 고즈넉한 모심입니다

두 손 모으고 눈을 감는 것은
하늘에 소망을 부르고
마음의 예를 다하는 것입니다
어둠에서 밝음으로 빚은
어두운 마음을 밝히니
하늘에 고하는 기도입니다

그대 위해서라면
슬픔도 기쁨도 애절함도
모두 드릴 수 있어 감사합니다
달이 뜨는 오늘 밤 눈물을 흘립니다
불꽃 아래는 평안과 행복을 기도합니다

목차

제1부
애틋한 가족들

아버지 가슴에는
바위를 안고 계십니다
슬퍼도 괴로워도
세월의 중심에서 흔들리지 않습니다

아버지 중에서 ~

아버지 사랑

우리 아버지는
강 건너에서 바라봅니다
물 흐르듯이 흘러가라고

우리 아버지는
산 넘어에서 울고 계십니다
하늘보다 높으셔도 작은
가슴 숨기시려고

갈 수 없어 가슴에 담고
그리움에 꽃으로 눈물을
닦고 계십니다

아버지는 어머니 등 뒤에서
눈물을 땹습니다
아버지의 사랑은
보이지 않는 꽃입니다

아버지는 하늘 위에서
눈물을 흘리십니다
밭에서 자라나는 자식
그리움의 눈물이 되어 흐릅니다

아버지 가슴에는
바위를 안고 계십니다
슬퍼도 괴로워도
세월의 중심에서 흔들리지 않습니다

차가운 가슴에 햇살이
피어있습니다

지는 노을이 초라한
나그네처럼 세월에 강물을
이기지 못하고

삐거덕 삐거덕
고장 난 소리가 들려도
아픔이 없는 줄 알았습니다

아버지는 가슴이 아파도
눈물이 없는 줄 알았습니다

아버지에 사랑은
꽃이 아니어도
향기가 짙습니다

우리 아버지 눈물이 없어도
가슴으로 울고 계십니다

어머니 가슴

젖가슴을 내어주는 것은
우주를 내어주는
어미에 마음

젖을 물리는 것은
삶의 고통을 품에 안는
어미의 심정

젖가슴을
먹을 수 있는 것은
삶의 행복을 느끼는 것

어미의 가슴을 안는 것은
우주를 품은 새끼의 마음

내리사랑

자식의 등에 땀을 보면
부모 가슴에는
피눈물이 난다

땀에 젖고
빗물에 젖는 것은
가슴에서 흘리는 눈물이다

구름이 해를 가리면
하늘은 눈물로 대신 말을 한다

내 등이 젖으면 행복이고
자식 등이 젖으면
하늘에서 비가 내린다.

만남

좁은 방안에 두 개의
침실이 나란히 있는
2인실 병실

엷은 커튼 사이로
허리를 굽힌 간호사 뒷모습이
희미하게 보인다

주사를 맞는 아들과 안스럽게
지켜보는 엄마의 마음

멀리서 바라보는 아버지의
긴 한숨소리

엄마의 등

엄마의 등은 넓은 바다인 줄만 알았다
높은 하늘인 줄만 알았다
깊은 골짜기에 끊이지 않는
물줄기인 줄 알았다
언제까지나 젖 냄새가 있는 줄 알았다

등에 짊어진 짐이 무거워
땅으로 땅으로 굽는다
힘에 버거워 나무때기 하나 의지하고

등은 활이 되어도
화살을 쏠 줄 모르신다
휘어진 활만큼 삶이 고달프다

화살은 땅으로 힘없이 떨어진다
구름은 비가 되어 땅으로 내려와
척박한 땅을 기름지게 만드는데

맑은 하늘에 알찬 씨앗으로
자라도록 땅에다 눈물을 뿌리신다
꼿꼿했던 허리는 너를 업을수록
너의 무게만큼 땅에다 사랑씨를 심는다

어머니와 강아지

아궁이에 불을 때면
가마솥 무쇠솥뚜껑이 대신 울어줍니다
고달픈 삶이 녹아내리듯 흘러내립니다

까만 가마솥에 김이 오르면
밥을 짓는 그리운 어머니
삶의 무게만큼 무거운
솥뚜껑을 열면 까만 꽁보리밥에
감자 서너 알 배고픈 그리운 시절이
떠나질 않습니다

가장 낮은 곳에서
온 방을 따뜻하게 불 지피는 어머니
아궁이에 불이 타들어 가듯
속이 타들어 가는 어머니

불을 지필 때면
강아지도 옆에 앉아 눈물 흘립니다
동구밖 뛰어놀다 그리움에
동무가 되어 줍니다.

아버지와 아들

아버지는 삶을 말하고
아들은 지식을 말한다
아버지는 방향을 잡아주고
아들은 열쇠를 잡는다

아버지는 씨를 뿌리고
풀 뽑고 곁가지를 치고
튼튼한 열매를 맺기를 바라지만

아들은 열매 맺기를 기다리다
아버지가 땀 흘려
일구어놓은 열매
손도 안 대고 배 속을 채운다

아버지는 아들이 눈에 넣어도
안 아프시고 이쁘다 하신다
아들은 눈에 먼지만 들어가도
난리를 친다

아버지의 사랑은 하늘보다 높고
바다보다 깊어도
언제나 낮은 곳에 있다.

아버지의 지게

지게에 짐을 내려
놓으니 나비가 되어 날아가고 싶다
버리고 싶어도
결코 버리지 못하고
한 짐 지고 집으로 오시는 길

쌓이고 쌓여가는
낙엽이 익어가는
겨울을 따뜻하게 부른다

지금까지 버리지 못하고
어깨를 짓누르고 온 지게
내려놓으면 버팀목 없어
누워 잠자는 지겟작대기

내려놓으니 등은 허전하고
할퀴고 간 손자국에는
햇살이 내려앉는다

등에 업힌 햇살은

배시시 웃으니
내려놓을 수도 없어

비틀거리는 다리는
힘이 없어 흔들리는데
짓누르는 힘이
더욱더 무겁기만 하네

한 발 한 발 내 걷는 발걸음은
하늘길을 부르는 날갯짓
흔들리면 흔들수록
향기 피어나는 꽃

남은 생들이 꽃으로
피어나 가슴에 향기
가득했으면 행복하겠다

어머니

불러 봐도 대답 없이
메아리가 되어 돌아온다
보고 싶어도 볼 수 없어
그리움으로 돌아온다

잔디는 갈색에서 녹색으로 짖어지고
또다시 녹색에서 갈색으로 물들기를
몇몇 해를 반복한다

어머니~~
어머니!!!

불러도 대답은 없고 푸른 잔디만
바람에 살랑살랑 반기어 준다
어린 잔디의 풀냄새가
엄마의 젖 냄새 어머니의 품만 같아

아침이슬처럼 맑고 맑은 눈물이
빗줄기가 되어 가슴을 타고 흐른다
어머니 들리시나요
눈물 젖은 두만강 한곡 부르고
흰 장미 한 송이 놓고 갑니다.

할미꽃

다시 돌아오겠다는 봄이
60번 지나가고
90번을 맞이하는 봄이다

꽃은 때가 되면 피고
떨어지기를 반복해 향기를 남긴다
등은 할미가 되어
구부러진 허리 위에 햇빛마저 무겁다

솔잎 헤치고 고개 드니
솔밭에 가시가
가슴을 찌르는구나

하늘을 들어도 고개 숙인 꽃
임에 빛이 버거워
들지 못해 허리 숙인 꽃

90을 지나
100번을 맞이해도
구부러진 허리가 꼿꼿한 허리다

백 년 된 집

젊어서 기둥 세워
하늘 가리고 지은 집
백 년 된 섞어가래 썩도록 나를 지킨다

제비 새끼 집 떠나
강남구 따뜻하게 잘 살고
빈집만이 텅 빈 하늘을 함께 바라본다

기침 소리에 깨어난
아침이 어젯밤이 안녕해도
한여름의 꿈만 같아

쓰러지는 문짝에 허리를 숙이고
하늘은 높고 코 앞에는
땅이 가까운 늙은 어미

구멍 난 문풍지로
바람이 들어오듯
구멍 난 가슴에 바람이 분다

요강을 들고나오는
무게가 삶의 무게인가
오줌을 채운 요강이 무거워 보인다

채우면 비우고
비우면 채우는 것이 요단 강인가

아침 티브이 소리와 함께
아침을 여는 대문 소리가
오늘에 삶이 시작이다

누님 1부

가랑비가 봄비답게
촉촉이 오는 날
비 맞으면서 먼지 씻기듯
내 몸에 괴로움의 줄기도 확 씻어내렸음
비를 맞고 꽃피우는 모과나무처럼

대추나무는 아직도
꼼짝하지 않고
주위에 꽃구경만 하네요
진달래도 확 어우러지고
젖은 꽃잎 되리고 떠나려 합니다

할미꽃은 허리가 꼬부러저
하늘을 보지 못하고
나무때기 하나에 의지하고
흔드는 바람을 지탱하다

하늘에 별이 되신 님
메마른 풀밭 사이에 제비꽃이 핀다

아버지와 지팡이

힘들고 지쳐서
잡는 게 아니다
외롭고 쓸쓸해서
잡는 게 아니다

사랑해서 잡는 게 아니다
행복해서 붙들고
있는 것도 아니다

조용히 다가와
잡아주는 손

영원히 놓고 싶지 않은
아름다운 손

오늘도 손을 잡고
마을 회관에 가신다.

아버지

무릎에 바람이 들어온다고
담요를 덮으시고 허리에 짐이
무겁다고 누워계신다

어깨를 누르는 힘은
지구를 언 저 놓은 것 같다 하시고
머리 위에는 흰 눈만 소폭이 쌓여만 간다

손은 빈손 있데
무겁기가 비구름 같고
잡은 주먹은 비바람을 잡으셨나 보다

가슴이 차가운 것은 무슨 이유일까
당신이 그리운 것일까
발걸음이 무거운 것은
님에 발자국이 그리워서 일까

한 발 한 발 흔들이는 나무는
뿌리를 흔들지 않기를 바라는 마음
주름진 내 얼굴에서 아버지가 보인다

눈물

아버지 땀 냄새는
눈물이다

힘들고 슬픈 일 있어도
울지 않으셨던

이제야 알았다
속으로 삼킨 그 마음

등줄기로 흐르는 땀이
아버지에 눈물인 것을

엄마 같은 누나

누나는 왜 엄마 냄새가 날까
오늘은 엄마 모습이 보여

잊히지 않는 향기
익숙한 향기

아주아주 어린 적에
내가 먹던 향기
젖 냄새도 나
땀 냄새도 나

내가 어릴 적 손잡고
등 업어준 누나
오늘은 꽃향기가 나

아들 딸

아버지에 가슴에서
태어나
어머니의 마음 밭에서
자라나는

우리 집
웃음 대장
사랑 대장

친구에게

꽃과 같은 친구가 있어 행복했습니다
잘 자 잘 잤지 좋은 아침
특별한 것 없는 평범함에 진심을 다해
다가오는 오랜 친구 늙은 친구

그 웃음 속에 눈물과 아픔을
같이 나눔에 고맙고 감사합니다
잘 익은 김치처럼
숙성되어 감칠맛 나는 사람

묵은 맛을 신뢰하듯
사랑을 말하지 않아도
느끼는 새콤달콤함

그대의 사랑과 우정을 기도합니다
그대의 아름다운 목소리는
산천을 울리는 메아리입니다
가슴을 찢어놓는 음악입니다

사랑하게 하십시오
축복을 주십시오
건강을 주십시오
영원토록 곁을 지켜 주세요

탓

돈이 없는 것을 부모 탓으로 울고
부자가 되지 못할 것을
조상 탓으로 울었다

사랑이 가문 것을 하늘 탓으로 울고
내가 못난 것을 연인 탓으로 울었다
복 없는 것을 남편 한데로 돌리고
자식한테 화풀이한다

남편 복 없으니 자식 복도 없다 한다
나는 무엇을 했는가
사랑받기 위해 사랑을 주었는가
잘못된 것을 고치려 노력은 했는가

하늘만 바라보고 연장 탓에
한숨만 쉬지 않았는가
조상 묘만 탓하지 않았는가

죽은 사람 제 발로 가
묻히지는 않았는데 누가 묻었을까
누운 사람 말이 없다
산사람들의 입방아가 시끄러울 뿐이다

인생사 푸른 창공을 바라보며

마음 모아
다정한 사람들 모여
한 많은 이야기보따리 풀어 봅니다

길가에 잡초 들도 밟히고 밟히면
질겨지고 강해지듯이
우리네 인생사 밟힐수록
강해지고 독해지지요

가끔 마음이 우울하고 힘들 때
마음 가시 생각하면 위안 삼아요
이제는 독해지고
강해 저야 할 것 같습니다

내가 그러는 것이 아니라
세상이 나를 그렇게 만드는 것 같아요

용운애

구름 속에 떠돌던 그리운 내 님
용이 되어 승천하라

안갯속에 조용히 잠든 님
풍경소리에 깨어라

가슴속에 한가득 눈물 한가득
내 슬픔 안고 떠나라

천년의 기다림에 백 년을 못 기다릴까
길고 긴 세월 눈물의 세월

어이 잊을 고
그 슬픔 그 아픔

님을 향한 울림 소리
온누리에 울려 퍼지네

일과 삶 일을 즐기는 사람은

삶이 즐거운 사람
강요함에 일을 하지 않고
찾아가는 일을 하는 사람

힘들어도 내 일이고
피할 수 없는 내 일이라면 감사하자
나를 믿고 맡겨주는 마음에
그 마음 다하라 상처받지 않게

그러면
나는 해 낼 것이다
마음이 해낼 것이다
믿음이 해낼 것이다

일은 힘들게 하는 것이 아니라
즐기며 하는 삶이다

친구에게 (2)

친구야 가다가 힘이 들면
나무그늘 아래 나무의자에 앉아
숨 고르고 가자
아낌없이 준 그루터기에
하늘 바라보고 바람맞아도
달라질 게 없게지만
흘러가는 구름이 되어보자
어느 날은 해가 뜨고
어느 날은 비가 오고
그러다 무지개 한번 뜨고

눈물 닦고 웃어도 보자
어제와 다른 오늘은 해가 뜬다
팍팍한 삶이 괴롭다고
한탄만 하고 있겠는가
넘어야 할 산이라면
등산을 하듯 걸어가자
힘들어도 힘들 줄 모르고
소풍 가듯 가는 발걸음
무거운 등산화도 가볍지 않은가
내 발 꽉 잡아준 등산화가
고맙지 않은가

멋있는 원주

멋에 맛을 아는 사람은 원주로 오세요
문학과 삶을 아는 분은 원주로 오세요
비행기를 타고 오세요
기차를 타고 오세요
버스를 타고 오세요

울렁이는 마음 출렁이는 마음
들뜬 마음은 천년고찰 구룡사
박경리문학관에 잠시 묻어두고

치악산 둘레길을 걸어보세요
만인에 땅 원만에 땅을 밟아 보세요
까치도 반겨주는 원주는요

고구마의 고장 조엄 선생님
태종 스승 운곡 원천석
사상가 임윤지당의 고장
만두 만두로 가득합니다

하늘도 맑고 마음도 맑은
유서 깊은 원주는 요
사랑이 가득한 도시입니다

제2부
자연을 벗삼아

밟아도 끊임없는 생명력
절망 하지 않는다
수많은 역경을 이겨낸 삶
눈물도 웃음도 다 받아내는

들꽃 중에서 ~

들꽃 (3)

들꽃을 보라
곡식보다 빨리 자란다
바람에 쓰러져도
바람에 일어나고
아침이슬에 한 뼘씩 자란다

밟아도 끊임없는 생명력
절망 하지 않는다
수많은 역경을 이겨낸 삶
눈물도 웃음도 다 받아내는
슬프도 슬퍼하지는 않는다

삶이 우리를 힘들게 해도
힘없이 살아왔어도
역경이 짙을수록
꽃향기는 아름답다
일어설 힘이 있다

겨울 나비

하얀 눈송이가
겨울 나비 같아

펄펄 내리는 꽃송이가
흰나비 같아

그냥 하얀 꽃송이에
뛰어들어 날아가고 싶다

머뭇머뭇거리지 말고
요리조리 눈치 보지 말고

따스한 겨울을 품에 안고
천 년 만년설이 되고 싶다

여강길 쉼터

언제나 그렇듯
터널을 들어갈 때는
은은한 불빛이 유혹의 시간이다

다리 아래 숲을 지나
바다에 들어설 때의 마음은
짜릿함과 오묘함의 연속이다

가슴을 스치는 해풍은
바다향에 달달하고 비릿하다

누군가 가슴을 뛰게 하는 건 아니지만
설레임에 꽃이 피어 향기로울 때
요동치는 심장소리는 기쁨이었다

일상을 벗어던지고 길을 나선다는 것
쉽지만은 않은 일이다

너와 나의 소박한 바람이
허물어지는 시간 속에 갇힌다 해도
꺾이지 않을 것이다

여강길 따라 흐르는 바람 소리
갈 때마다 새로운 느낌에 길이 생기고
정상에서 맞이하는 끝물이 나를 닮았다

뜨거운 물에 몸을 담그고
노곤해지는 눈꺼풀
잠시만 놓고 가자

삶의 짐 잠시 풀어놓고
내일을 위한 충전의 시간을 가지자
지금 여기

호수 그 바람같이

어디서 부는 바람일까
소리 없이 왔다 밀려가는
빗살 무늬 파도

잔잔한 물결에 흔들리는 맘도
너울 따라 춤춘다

하늘 담은 작은 호수
그 누구의 안식처인가

흔들리는 그리움이
왠지 모르게 숙연해진다

노을 속에 밤이 되면
반짝반짝 빛나는 별이
가슴에 떨어져 눈물이 된다

섬

그대 바다 한가운데 있는
외로운 섬 한 뼘 거리에
그리움이 있어 참 다행이다

나룻배를 타고 갈 수 있는
거리 있어 손짓하고
가슴으로 안을 수 있는 바다 안에 섬

그 섬에 사는 사람
그 사람 안에는 누가 있는지
궁금하다 내가 있는지 물어보고 싶다

그 섬은 몰라도 항상 그리움에
어려있어 좋다 그대 바다에는
누가 살고 있을까

보고 싶은 마음에
노를 저어 본다

소나무의 눈물

저 소나무에 눈물을 보았니
바늘 끝에 메달인 눈물을
청춘에 아픔은 늘 그런 거란다

한 방울의 눈물을 알지 못하면
청춘은 알지 못한다
찌르면 눈물 나는 사랑
저 소나무의 눈물 보라

두텁게 입은 갑옷을
붉은 피에 물든 아픈 청춘은 그런 거란다

척박한 땅 위에서도
늘푸름을 잃지 않는 마음
추위 속에서도 변함없는 마음
뿌리가 깊어 흔들리지 않는다

청춘은 지금이니까
뾰족하지만 투박하고
강열하지만 부드러운 당신을 닮았으니까

솔바람

솔바람 불어오는 그곳
살랑 바람 부는 그곳
상큼해 달려갑니다

장미 향기 상큼한 곳
우유 빛깔 나는 곳
그곳으로 가고 싶다

봄 향기 날아드는 곳
꽃향기 따라갑니다

달달한 사랑이 있는 곳
그곳으로 나는 갑니다
꽃나비 부르는 그곳 나는 좋아요

모든 실음 벗고
나는 그곳이 좋아요

숙명의 바다

그물을 올려도
빈 그물만 올라온다

한참을 올리고서야
한두 마리의 바람이 걸려 올라온다

모든 것이 부족하고
모든 것이 불편해도
풍요 속의 바다다

운명을 받아들인 여인
빈곤 속에 피는 바다가 아름답다
오늘도 노를 저어 바다로 간다

어부도 사람들도
늘 바다에 그물을 치고
고기를 잡아 올린다

새벽비

어둠을 지나 새벽이 올 때까지
울어대는 천둥소리에
잠 못 이루고

창문을 흔들면 외쳐대는
그리운 이름

일어나라 깨어나라
고요히 맺힌 눈물방울 슬픔에 눈빛

애끓는 가슴에
뿌려놓은 그리움의 눈물

아~ 쏟아지는 빗물에
그리움만 흘러간다

산에서 만난 사람

산이 좋아 산에서 만난 사람
지금은 어느 산에서
나의 마음을 찾을까

꽃은 피고 지고 또 피는데
보고픈 그 사람
못 잊어서 보고 싶어서

그날 밤 그 하늘
그 나무 아래 앉아
깊은 생각에 숨 한 번 내쉬고

터벅터벅 내려오는 길
그 사람이 마주하는 길
내 사랑이다

해와 달

달이 산마루에 떠올라도
그리운 님은 당신입니다
해가 산마루에 떠올라도
당신의 웃음입니다

달이 구름 속에 잠들어도
당신의 꿈속 입니다
해가 서산에 걸쳐 있어도
당신의 사랑입니다

해와 달이 만날 수는 없어도
사랑입니다

밤은 달이 빛나고
낮은 해가 빛나고
아름다운 날입니다
언제나 당신 속에 하루가 있습니다

낙엽에 쓴 편지

바람이 햇살 위에
살짝 걸 터 앉은 어느 날
지붕 위에 내려앉은
흰 머리카락이 나이를 짐작하게 한다

그래서인지 쌀쌀한 날씨가
옷깃을 여미게 한다
마른 나뭇가지에 떨어진 낙엽은
어디에 잠을 재웠는지

마른 들판에는 텅 빈 하늘이
어서 오라 손짓하는 갈대
맑은 하늘 높은 하늘은 보이지 않는다

그 많은 낙엽 그 많은 사연들은
어디에 숨겨 놓았을까
봄날까지 전하지 못한 편지
낙엽에 모두 실려 보낸 나 봅니다

들꽃 (2)

수많은 바람이 스쳐 지나갔다
무심히 지나가는 바람을
애써 외면하면서

길모퉁이에
홀로 피어있는 풀꽃
틈을 헤지고 힘겹게 피어난
너에게 기대어본다

생명은 얼마나 아름다운가
이름도 모르는 너에게
잠시 눈길 주고 마음도 주었다

너는 나에게 향기도 주고 춤도 추었다
웃는 얼굴로 반기어 주는 들꽃 향기에
우리 모두 예뻐지고 행복해졌다

자아 실현

나를 알자 나를 알자
흘러가는 저 강물에 실려가는 뗏목이
나를 알아가는 세월이다

나를 알자 나를 알자
산이 높아 올라가는 발걸음의 무게가
나를 알아가는 꽃길이다

나를 알자 나를 알자
그물에 걸리지 않는 바람이
아프지 않은 가슴인걸
숭숭 구멍 난 그물이 내 가슴이다

나를 알자 나를 알자
파도치는 소리가 바다를 움직인다
작은 것을 소중히 할 때
바다는 움직인다

나를 알자 나를 알자
하늘 맑은 날이 맑은 날이고
비가 오는 날은 비가 내린다
가슴은 고요하나 내 가슴이 흔들린다

초록으로 물들다

나무에 등 기대어 볼까
아직은 꽃 피지 않았지만
등이 가려운데

봄이 오면 따뜻해 꽃이 필 텐데
하늘 향해 반듯하게
자라난 너인데
푸른 잎이 무성한데

두 팔 벌려 한 아름 안으니
하늘이 포근하고 따뜻해
잎사귀 하나 없어도
땅속 깊숙이 물줄기 올라오는데

동쪽 궁전에 해가 뜨면
소나무도 푸른 청춘인데

꽃차 한잔

하늘을 마시고
바람을 마신다

여름날의 뜨거움을 마시고
가을날의 따스함을 마신다

눈물도 마시고
하얀 그리움도 마신다
향기 속에는 그 사람도 있다

마음속에 보이지 않는 사랑
혓바닥에 감기고
속마음은 꽃향기로 가득하다

무심

처마 끝에 흐르는 바람 소리
풍경에 울리는 속세의 소리
깊은 산중에 메아리로 돌아온다

듣는 이 없이 산 기슭에 부딪혀
가슴으로 돌아온다

목탁 우는소리
스님 우는소리
들은 이 하나 없다

높은 산 깊은 계곡
물 흐르는 소리만 아래로 흐른다

눈 감고 귀 막고
마음을 닫았나 보다

나는 누구일까

산 위에 나무가 나에게 물었어
나는 누구일까
소나무보다 푸른 나무

일월송 하지만 나는
해도 달도 소나무도
될 수가 없어

일편단심 푸른 소나무가
나에게 말을 했어
흔들리지 말라고
비가 와도 눈이 와도
흔들리지 말라고

비가 오면 구름에 말리고
눈이 쌓이면
바람에 털어내라고

조롱박

장대비가 무던히 내리던 새벽아침
울타리 넝쿨 사이로 빼꼼히 내민
조롱 박꽃 얼굴이 싱그럽다

지난해 이맘때 핀 꽃은
문 앞에 걸어놓은 호리병으로 변하였는데
이 녀석은 무엇이 될까

장인의 혼으로 잘 다듬어진 귀한 몸일까
약수터에서 나그네 손길을
기다리는 표주박일까

이런저런 상념은
저녁노을에 물들고
곱게 움츠린 하얀 꽃잎은
뽀송뽀송한 아기 박을 감싸 안는다.

솔바람길에서

운곡 원천석 솔바람길
소나무는 천년을 숨 쉬는데
길 위에 떨어진 솔방울은
한서린 웅덩이인가
굳은 맹세 굳은 다짐 변함이 없건만
푸른 솔은 천년을 가는데

내 님은 어디에 앉아 있을까
함께 걷던 이 길에
내 님은 어디에 숨었을까
뻐꾹새 우는데 풍경소리는 텅 비운다

굴곡진 삶은 주름이 없는데
곧은 심정 변함이 없는데
봉황새만 괴롭다며 울어댄다

너에게 난

멀리서 보니 숲이요
가까이 보니 나무 한 그루

멀리서 보니 꽃동산이요
가까이 보니 꽃 한 송이다

갈수록 신비스럽다
하나씩 벗는 옷자락

다 벗고 나니 신비하다
하나도 없는 겨울나무

춤사위

춤추는 나비는
사랑을 찾아
천 리 길을 날아 간다

고단함과 슬픔
외로움과 그리움을
떨치기 위한 춤사위이다

가지고 갈것 하나 없는 날
모든 서러움 털어버리고
꽃잎에 앉아 놀다 가세나

겨울 나비

하얀 눈송이가
겨울 나비 같아

펄펄 내리는 꽃송이가
흰나비 같아

그냥 하얀 꽃송이에
뛰어들어 날아가고 싶다

머뭇머뭇거리지 말고
요리조리 눈치 보지 말고

따스한 겨울을 품에 안고
천 년 만년설이 되고 싶다

제3부
꽃이 되는 마음

어둠속에 중심이 되는 달처럼
마음 한가운데 있는 별처럼
가슴에 담으니
사랑으로 피었습니다

꽃이 피었습니다 중에서 -

꽃이 피었습니다

별이 피었습니다
사랑이 피었습니다

꽃피우고 싶었는데
보고 싶은 꽃이 피었습니다

어둠 속에 중심이 되는
달처럼

마음 한가운데 있는
별처럼

가슴에 담으니
사랑으로 피었습니다

하늘호수

하늘은 비구름을 담아
두지 않는다

맑은 하늘을 만들기 위해
지우고 비우고 눈물로
써 내려간다

모든 걸 털어버리고
어둠이 찾아오는 밤

그제야 하나 둘 뜨는 별들이
나와 눈 맞춤하며 빛이 난다
꿈꾸는 세상 밝히는지
밤을 꽃 피는 잔 별들이 가슴에
콕 박힌다

그대를 만나고

멈추었던 샘물이 흐르고
얕았던 내가 깊어지고
바다로 바다로 흐르게 해준다

쏟아지는 빗물 속에도
한줄기 그리움이 있고
눈물 속에도 희망을 갖게 한다

바람에 흔들릴 때마다
단단해지는 뿌리가 되고
꽃이 피고 웃음 가득 열린다

진흙밭에 연꽃처럼
때묻지 않아 신선하고
분홍빛 가슴이 하늘을 본다

새장 속에 피는 꽃
눈물로 피는 꽃 애태우는 꽃
그리움에 참지 못해도
미움도 욕심도 아닌 기쁨이다
바다같은 사랑이다

바람의 말

동백꽃처럼 피어나는 내 얼굴
동백꽃처럼 내 가슴을 흔든다

창백한 내 얼굴
사랑에 꽃이 피고
뜨겁게 피어오른다
조용한 내 가슴을 빨갛게 뛰게 한다

새봄에 자라는 새싹이
파릇파릇 자라 나듯
나의 사랑이 새롱 새롱 봄을 깨운다

파릇파릇자라나는 나의 사랑이
봄을 들려주고 싶었던 희망의 꽃
채 마르지 않는 날
붉은 향기 붉은 눈물도

떠나는 바람 소리
한 줌의 마음을 잡기 위해
떠도는 마음 높이높이 날아라
넓은 세상을

차를 마셔요

눈물이 그립거든 차를 마셔요
나와 사이가 어색하거든
꽃잎차를 마셔요
마음에 창을 마주 보고 앉아요

바다를 닮은 마음
치우침 없는 가르침
기울지 않는 나와 함께 차를 마셔요

내 뜻대로 되지 않는다
화내지 말고 쓸쓸히 돌아서지 말고
성냄도 근심도 상처뿐

노여움 품지 않게
나를 낮추는 차를 마셔요
찻잔을 마주 보는 것은
기다림에 숙연해집니다

다시 앉은 자리에는 앙금이 가시고
마음이 따뜻해지는 동안
세월 강은 흐릅니다
서운함도 애틋함도
모두 눈물 되어 흐릅니다

블랙홀

꽃보다 아름다운 그녀를
보고 있으면 내 얼굴은
장미꽃처럼 물들어요

아리따운 꽃잎을 보고 있으면
내 눈빛은 희미하고
눈동자가 풀려요

부여잡은 분홍치마자락에
마음이 쏠리면
하늘 보는 입가에는
엷은 미소가 꽃을 피워요

부끄러워 어찌할지 몰라
꽃잎을 터트려요

보고 있어도 보고 싶어
빠져들어요
블랙홀처럼 빠져요

내 사랑 그대

피어나라 피어나라
꽃으로 피어나라 내 사랑 그대여
눈 내리면 눈꽃으로
비 내리면 무지개로
아름답게 피어나라

당신에 가슴 꽃으로 태어나
행복으로 피어오르는 내 사랑 꽃이여
당신에 가슴에서 꽃으로 피었다
밤에 피는 꽃처럼
어둠에 빛나는 별처럼 곱게곱게 피어나라

내 사랑 그대여 새소리 바람 소리
꽃 피는 소리 들리는지
골짜기 물 흐르는 소리
꽃향기 소리 들리는지

꽃으로 꽃으로 피어나라 꽃으로
내 사랑 그대여
아름답고 예쁜 웃음꽃으로
장미꽃보다 예쁜 가시 꽃으로
사랑으로 피어나라 소중한 꽃이여

들꽃(1)

들길 걷다
마주 보았습니다
손때 묻지 않아 순수하고
화장을 하지 않아 꾸밈도 없습니다

보살 핌이 없어도 튼튼하고
손에 들은 것이 없어도
바람에 흔들립니다

별들과도 눈 맞춤하고
달님과도 사랑을 합니다

당신 앞에 아무런 말도 못 하고
너무 부끄러워 바보처럼
바라만 보았습니다

손에 들은 것이
너무 많아 미안합니다

글

글은 마음이 가는 길
흰 종이 발자국 남기며
떠나는 길

눈으로 먼저 가고
손으로 따라가고
마음을 놓으며 가는 길

먹물 따라 흘러가는 세월
흰 여백에 글 꽃을 피우며
마음을 채워놓는다

글의 씨앗

글에 씨앗을 심으면
시어가 되고 시구가 되어
글 꽃이 핍니다

글에 꽃이 피면
사랑이 되고 열매가 되어
문학이 됩니다

문학이 깊어지면
사랑은 익어가고
인성이 바른길을 잡아
삶이 즐겁습니다

글에 옷을 입히면
삶은 무지개 같지 아름답지만
흰 종이에 먹물이 흘러갑니다

토실토실 여문 씨앗은
글 꽃을 피우기 위해
깊은 잠에서 깨어나 햇살을 받습니다

뜰 아래서

앞마당까지 봄이 왔구나
틀 아래 햇살이 춥지는 않다

봉당 앞까지 꽃이 핀다
툇마루에 앉아 졸고 있는 강아지

뜰에 앉아 봄 햇살 쬐면
포근해지는 마음
꽃처럼 살포시 왔다 엄마 품같이

이제는 봄이다
좀 더 가까이 오는구나
목련 꽃 가슴을 볼 수 있구나

하얀 속살이 얼마나 고와 쓸까
눈이 부시도록 아름답다

봄 햇살에 화답하려나
뜰 아래 햇살이 곱게 다가오면
미소 지으려나

길에서 만난 여인

이 길에서 너를 만나
꽃길을 걸었잖아
꽃 피는 너를 만나 춤을 주고
눈 오는 이 길에서
두 손 모고 하늘 보며 기도드렸잖아

행복을 달라고 이 길에서
눈물 보이고 이별도 했지만
봄이 찾아온다면
꽃길을 걷고 싶어

너 없이 걷는 이 길은 추억뿐이야
허전한 발길 무겁기만 해
노을이 외로울 뿐이야

이 길에서 널 다시 만날 수 있다면
그날의 눈물은 없을 거야
아픔도 사랑이 될 거야

나도 꽃 나비가 될 수 있다

꽃밭에 앉아
꽃향기 맡을 때 나도
꽃이 될 수 있다

멋스러운 포즈로
꽃과 함께 앉을 때
나도 한 마리 나비가 될 수 있다

입고 있는 옷 색깔에 따라
노랑나비 흰나비 호랑나비

꽃구름 함께
꽃향기로 살아간다는 것
웃음이 행복이다

꽃으로 피는 가슴이
행복한 사랑이다

가슴골

승모 가슴골 깊이 파인 곳으로
승모를 쓴 젖가슴이 설레게 한다

학이 먹이를 쪼으니
늘어진 가슴 사이로
바람이 통하고

모자를 눌러쓴 꼭지는
숨이 턱까지 차오른다

물 한 모금에 하늘 보니
그리움을 잠시뿐 바람이었다

봄꽃 피듯 그렇게
그리움으로 피어난다

씨실 날실

그대 마음에서
씨실 하나 뽑아 들고
옷고름 풀어 헤치면
날실 한 올 걸어 볼까

날실과 씨실로
한 올 한 올 엮었더니
꿈으로 만들어가는 비단 숨결 되었다

한색이 또 한색을
아름답게 만들고
하늘빛 머금은 아리따움이 되었다

청실홍실 엮어
달빛 창가에 앉으니
은은한 달빛이 들어온다

비단 금침에
무거운 짐 벗어 놓고
한숨 재워보리다

사랑의 꿈

사랑하는 사람아
저 무지개 피는 언덕으로 가자
우리의 꿈이 뛰노는
그 영원한 사랑의 고향으로 가자
서로는 순결하게 만났나니
자, 안개비 마음을 활짝 걷고
뜨겁게 마음을 포개며
기쁨도 아픔도 함께 주고받으며
앞만 주시하며 뛰어서 가자

서로는 그동안 서로를
너무나 신뢰하지 못하고 아프게 했다
사랑은 시험하지 않는 것이 나니
서로의 짙은 그늘을 지우며
하나의 마음 하나의 노래가 되어야 한다
사랑하는 사람아
나의 사랑 되려거든
자. 이제는 무지개 피는 저 언덕으로
힘차게 뛰어서 가자
가서는 그곳에서 영원히
사랑의 본향을 꿈꾸자

흰 구름

푸른 하늘 흰 구름
흰 구름이 되고 싶다.

하늘을 가리고
유유히 흘러가는 저 구름
세상 어디에도 발길 멈추지 않고
흩어졌다 뭉치고
뭉쳤다 흩어지는 저 구름처럼

어디에도 얽매이지 않는
구름이 되고 싶다

푸른 숲에서 바라본 저 구름바다
그 위에 내 마음 실어 흘러가는 그곳
구름아 너는 아니
내 마음을

사랑의 길을 향하여

지금 서로는 마주 보고 있습니다
그렇게 많은 사람 중에서
운명처럼 우린 순간적으로
하나로 만났습니다

그렇게 아프던 많은 사랑 속에서
서로는 하나의
의미를 생각하게 합니다

이제 서로에게 마주 서서
두고두고 사랑하는 길만 남았습니다
사랑을 받기 전에 먼저 베풀어야 하고
미움 앞엔 사랑 불신 앞엔 관용
뜨거운 인연의 길을 남겨야 합니다

이제부터는 모든 것을 사랑해야 합니다
하나의 길 하나의 방향으로
눈물 젖은 빵의 의미도 함께 생각하며
때론 슬픔을 숨겨야 하는
참 사랑이 있습니다

이젠 조금 더 사랑합시다
운명적인 사랑을 개척해야 합니다

사랑은 아직도

그대여
우리가 사랑해야 할 시간
아직도 우리를 기다리고 있다
누군가 그날이
끝나 가고 있다 말할지라도

우리가 사랑해야 할 시간은
언제나 푸른 강으로
그대와 내 속으로 흐르고 있다

그대여
우리가 따스한 언약으로
남아야 할 시간은
아직도 우리를 기다리고 있다

누군가 그날이
가까이 왔다 여길지라도
우리의 굳은 언약은
언제나 푸른 파도로
그대와 내 속에 넘치고 있다

나 그대 별이 되어

나 그대 위한 별이 되리라
그대 작은 가슴 깊이 불꽃을 지필
순하고 어질게 타올라 하얀 별이 되리라

나 어느 곳에 있어도
그대가 풀꽃처럼 상큼하게 웃어 준다면 은빛 속삭임으로
그대 품에 다가가리라

나 그대 위한 고운 눈물 되리라
가슴이 따스한 빛이 되리라

달무리 곱게 씻기어
잠 못 드는 밤 그대 창가에
영영 지지 않을 등불 하나 걸어 두리라

그대의 불타는
그 언약을 위하여

첫 마음

빨강 장미 꽃잎에 앉은 하얀 나비
하늘에서 내려온 선녀인가
두근두근 뛰는 심장
첫 마음을 잃지 말자

변함없이 굳건한 믿음으로
뿌리 깊은 나무 되어
아름다운 꽃을 피우자

첫 마음 첫 마음으로
저마다 아름다움에 피는 꽃
저마다 아름다움을 지닌 꽃
맑음 웃음이 숨 쉬는 곳
빛나는 웃음이 있는 곳
첫 마음 첫 마음으로
그날의 아름다움을 끝끝내 잊지 말자

아우라

무대 위를 걷는 사람
한눈에 알아볼 수 있습니다
걸음에서 배어 나오는 자태가
중전 마마입니다

눈에서 쏟아지는 빛을 봅니다
그저 바라보기만 해도 압도됩니다
빛을 쏘고 간 여자
넘을 수 없는 벽에
그녀의 아우라가 있습니다

내면에서 뿜어 나오는 빛
긍정과 근면 여유와 친절 그리고
당당한 자존감 환한 에너지로 가득합니다

짧은 바지를 입은 사람들과는
결이 다릅니다
배꼽티의 귀여움 대신
아리따움이 돋보입니다
한 단계 더 높은 경지의

진정 마음이 아름다운 사람입니다

한 아름 안아주고 싶은
그런 여자입니다

반주

반주가 있어야
음악이 되고 귀가 즐겁다

밥을 먹으면서
반주를 곁들여야 즐거운 식사다

내 삶에도
반주를 곁들여야 하겠다

여행도 다니고
가끔 옛 친구도 만나 지난 추억도 살리고

멋진 커피잔에 커피를 마시며
그대 향기를 맡을 수 있는 여유

몸도 마음도 행복하게
반주를 곁들어야겠다

오늘 나에게

오늘 아침 대문을 나서면
파이팅을 외치고 잘할 수 있어 하면
힘을 북돋아 주고 길의 나섰다

오늘 저녁밥을 먹으며 고생했어요 하면
나에게 나를 반겨주며
가슴을 꼭 안아주었다
행복이 가득한 집에서

오늘 밤하늘은 별이 빛이 난다
잘 될 거라고 희망을 주는 밤
사랑이 가득한 집
마음이 부자인 집이다

아침

초라해지는 아침을 맞고
마냥 높은 하늘에다
오늘의 운수를 점치면서

건강 웃음 행복
세상 모든 아름다운 말들을 나열하고
그 나열 속에 숨어든다

그리고 그리고
마냥 웃는 모습으로
아침을 열어간다

시간을 보다

시간을 본 적이 있나요
뜰 아래 심은 감나무가 알려주더군요
세월은 나에게만 흐르는 게
아니었다는 것을요

푸르고 설익은 감나무도
가을 하늘에 붉게 물들고
잎을 떨구니 앙상한 가지만
세월을 느끼게 하더군요

풍성했던 머리는 어디 가고
흰 서리에 하얗게 물든 머릿결
마음마저도 허해지는 가을

천고마비의 계절 말은 살찐다는데
빈약해지는 마음은
굶주린 인간이더군요

사랑에 굶주린 하이애나
배고픈 늑대의 삶 갈 곳 잃은 나그네
속으로 살찌는 나무처럼
불룩 나온 배만 나이를 살찌게 하더군요

숱한 우기로 꺾인 고개
상한 씨앗 가득 머금고
웃는 듯 우는 해바라기의 비애처럼

비애 중에서 ~

비애

쓸쓸하고 외롭다
바람 한 자락 비껴 불어도
온몸 휩싸이듯 부대끼는 설렘이
토라져 더 슬프다

숱한 우기로 꺾인 고개
상한 씨앗 가득 머금고
웃는 듯 우는 해바라기의 비애처럼
바람 지날 자리 지나다 머문 자리

흔적 두고 스러진다 해도
이제 하나씩 부끄럼 없이
벗어버리는 그대
기다림 없이도 다가오는데
왜 이리 온몸으로 기다리는가

빚쟁이

하늘에 빚을 지고 등이 따습다
바다에 빚을 지고
한숨이 깊어간다

은행에 빚을 지고
구린내만 가득하다

너에게 빚을 지고
사랑이라 한다
갚지 못할 빚이 늘어만 간다

오늘 밤 안방은 따스하려나
냉골에서 등 굴리고
새우잠을 지새운다

해바라기 사랑

나는 너만 너만 너만
바라보기로 했어
해 뜨고 달이 떠도
꿈에 그리던 너는
나의 전부였으니까

웃음 주던 네가 그리워
하늘보고 물 마시고
너만 너만 너만 기다린다

너는 나의 희망이니까
오늘도 너를 기다리기로 했어
발병이나 가슴이 무너져도
나는 나는 나는 너뿐이야
사랑해를 바라보는 마음
너는 아니 삶이 그리워
고개 숙인 이유를

중년의 삶

반은 벗겨지고 반은 남아있는 머리
벗어진 머리에 빛
남은 머리카락 걱정이 된다

울창한 숲은 보이지 않아도
싱그러운 중년의 삶은
늘 푸른 숲이다

나뭇잎 사이로
빛을 볼 수 있어야 하고
나무그늘에 쉼도 있어야 한다

다 큰 나무는 없다
다 자란 나무도 없다
우리는 항상 부족함에 허덕이고
무엇을 갈망한다

나의 여인아

나에게 당신을 빼고 나면 빈 깡통
나에게 당신으로 채우면 꿈에 궁전

나에게 당신에 옷을 입이면
아름다운 꽃미남
나에게 당신에 옷을 벗으면
발가벗은 빈털터리

당신은 나에게 높은 하늘
내 안에 숨 쉬고
당신 안에 빛나는 꽃 한 송이
그런 당신을 사랑할 수 있어 행복입니다

보이지 않는 공기로 오시나요
흐르는 맑은 샘으로 오시나요
아니면 스치는 바람으로 오시나요

꽃을 사랑하는 사람만이
꽃으로 피고 꽃이 보입니다
가장 예쁜 말로 불러봅니다
아름다운 나의 꽃이여

내 마음 아시나요

어둠 속 동굴로
들어가는 그대 내 마음을 아시나요
희미하게 비추는 반딧불이
환희로 보이는 그대는 아시나요

깊은 산속 길을 잃어
헤맬 때 처마 끝에 울려 퍼지는
풍경 소리는 마음을 아시나요
가슴을 울리는 한숨 그대는 아시나요

거북이 등처럼 메마른 가슴에
단비로 온 그대는 아시나요
갈라진 영혼의 틈으로
흐르는 작은 눈물이
얼마나 소중한 존재감인지 아시나요

다시 낙엽이 되어도

지난여름
꽃피우기 위해 땀 흘렸지
다가오는 가을날
진실을 알기 위해

잘 살았노라고
떨어지는 꽃처럼
가슴에 달지 못하는 꽃이 되어도

봄이 오면 또 한 번
꽃으로 피어나

비단 금침 깔아놓고
그대 품에
향기를 나누고 싶네

틀

틀을 깨지 않으면
머물 수밖에 없어요

잠에서 깨어나지
않으면 아침 해를 볼 수가 없어요

눈부신 아침 햇살에
눈 비비며 일어나 봐요
꿈에서 깨어 일어나 봐요
날개를 활짝 펴고 날아봐요

우물 안에 개구리처럼
웅크리지 말고
어깨를 활짝 펴고 깨어나 봐요
넓은 세상 눈을 떠봐요

청춘

흘러간 청춘이야
잡을 수는 없지만
가슴에 흐르는 청춘은 불꽃같더라

은빛 물결 반짝이며
흘러가는 강물은
하늘 아래 흐르는 가슴 구릿빛이 되더라

겨울 나뭇가지에
새순 돋아나 숨 쉬고 숨 쉬는데
빈 가슴에 흰 구름
파란 하늘에 뭉게구름

흘러가는 저 구름이야
바람 따라 흐르지만
멈춰 있는 이내 마음 눈물만 흐르네

자유로이 흘러가거라
너의 고민 너의 아픔 모두 끌어안고
흘러갈 테니 행복하거라

삶은 언제나 내 몫이다

부모님께서 나를 낳았어도
나를 만들어가는 것은
언제나 나 자신이다

지금 가는 길이
하늘의 뜻이라도
왜 무엇 때문에 가야 하는지
오르지 나 자신만 알고 있다

내가 태어난 것은
어쩔 수 없는 운명일지라도
하늘의 빛을 보니 감사할 줄 알아야 한다

지금 가는 길이 가시밭길이라도
그 운명을 받아들이는 것은
언제나 나의 몫이다

슬픔도 괴로움도
이겨내는 것은
내 마음에 달려 있다

중년의 아침

산꼭대기 하늘은 밝아오는데
오늘은 어디로 나가야 하나

도시락 옆에 끼고
갈 곳 없는 나그네
배도 고프고 목도 마르다

낙엽 떨어지는데
눈물은 왜 나는지
마음 한 조각구름 한 조각

갈 곳 없이 어울려 보아도
바람 따라 흘러 정차할 곳 없다
하루해는 잔소리보다도 길고 길다
해는 서산으로 넘어가
붉은빛을 토해내고

마음을 다독여도 눈물이 보인다
심장은 뛰는데 몸은 움직이지 않는
36.5도다

끊어진 전기선

어느 날은 머리가 아프고
어느 날은 눈이 침침해
앞이 흐리게 보인다

어느 날은 다리가 아프고
어느 날은 마음이 우울해
가슴이 아파진다

아파지는 이유
그대는 알까
어느 날은 손이 부끄럽고
어느 날은 발이 부어오른다

그대에게 흐르던
전기가 끊어진다

날개 잃은 잠자리

더듬이 잘린 곤충처럼
가야 할 곳도 잃어버리고
어디로 갈지

방향도 없이 제자리에서
뱅뱅 돌기만 하네

날개 잃은 잠자리처럼
날아가야 하는데
걸어가지도 못하고
너와 이별한 곳에서

아픔 잊으려고 허우적거리면
날갯짓만 하네

지나가는 바람

흔들리는 나무에
기대지 마라
등 대면 함께 흔들린다

아무리 붙잡고 고정해도
흔들리는 나무는
바람 없이도 흔들린다

마음 상하지 마라
깊이 생각하지 마라
그대만 굳은 마음
녹색 바람이 불어온다면

아파하지 마라
아파할 일도 없다
때로는 흔들리는 게
아름다울 수도 있다

그대여

그대 가슴에 서서
그대가 한번 돼 보고 싶었습니다
내 가슴 그대 마음 아니기에
내 그대를 얼마만큼 사랑하는지
그 깊이를 재어 보고 싶었습니다

우리는 서로가 서로를 위한다는
말을 수없이 반복하면서도
서로의 가슴에 붉은 상처를 남기는 까닭에
서로가 서로를 못 견디게 그리워하는가 봅니다

가까이 있을 땐 왜 그것조차 잊고 사는지
인간의 어리석음이 참으로 두렵습니다
밤이 깊어 고요하고
하늘은 푸를수록 하늘 다운 것

그대 가슴에 서서
그대가 한 번 돼 보고 싶었습니다
그대 목숨까지도 어루만져 줄 수 있는
사랑이고 싶었습니다

바람처럼

오늘은 바람이고 싶었습니다
초롱 초롱 반짝이는 별들의
눈동자로 아픈 가슴 고이 감싸줄
따스한 바람이고 싶었습니다

가는 길 돌아서서
앙상한 나뭇가지 사이로
어쩌다 그대 생각에 홀로
아득히 그리움에 젖는 날
나는 그대에게로 무작정 달려가
그대 아픈 마음 깊이 감싸줄
바람이고 싶었습니다

오늘처럼 그대가 못 견디게
보고픈 날엔
저 밤 하늘도 숨죽여
우리들의 축복을 빌어 주었습니다

풀꽃

풀이
왜 풀인지 아니

꽃이
아니라서 풀이야

그래서

나는 너에게 밟히고
밟혀도 다시 일어나

꽃이 아니라서
나는 풀이라서

빗물

새벽바람이는 날이면
작은 들 창에 맺힌 이슬
눈앞이 캄캄해 서러운 하늘의 눈물인가

보잘것없는 나의 삶
하얗게 씻어주는 가련한 빗물 인가

봄비라는 이름으로
메마른 가슴 적셔주니
이슬 젖은 마음 하나
슬픔 고통이 아니더이다

고뇌에 찬 나를 안아 주려
다가오는 새벽안개
하얀 물 보라 저리도 조용히 내릴까

적셔진 가슴 마르기도 전에
하얀 그림자로 썩어지는 육신 가리려 하니
방황하는 나의 영혼
가늘 곳조차 없더이다

구름 속에 영혼

해님은 구름 속에 숨었다
아침햇살에 벗겨지는
앞산에 푸른 영혼

어둠 속에 숨은 달빛 그리움
아침 이슬에 흘리는 푸른 눈물
복받쳐 올라오는 가슴
울부짖는 통곡의 소리
들썩이는 어깨춤

청산의 꿈은 별을 품고
바람과 함께 떠도는 마음
훨 훨 훨 나는 새가 되어

달빛에 기러기 산을 넘고 강을 건너
사뿐히 내려앉으면

어둠의 세상에
아름다운 꽃 피우리라
밤에 피는 불꽃이
눈앞에 먼저 들어온다

꽃이 피는 것과 화를 내는 것

화를 내는 것은
예쁘게 보아달라는 것이다
꽃 피었으니
잊지 말고 마음을 달라는 것이다

소리가 큰 것은
바람을 이기지 못한 서러움이다
향기가 짙은 것은
마음을 누리지 못한 눈물이다

꽃은 처음부터 피지 않듯
화도 처음부터 피지 않는다

누르다 누르다
억누르다 환경이 맞지 않을 때
꽃이 피고 화가 난다

찬바람이 불면
꽃이 무성하게 피는 호박 꽃처럼
화는 종족 번식의 본능이다
겨울이 오기 전 마지막 울음이다

빗속에 여인

새장 속에 나를 가두지 말자
사랑이라는 굴레 속에
새장을 만들지 말자

앵무새도 팔색조도 아니다
빗발치는 창문이 창살을 만들고
떨어지는 빗물은 눈물이 되어 흐른다

유유히 흘러가는 강물이되어
자유를 찾아떠나고 싶은 눈물

소리 없이 울어도 눈물이 나고
소리 내 울어도 알지 못하니
주는 먹잇감은 온정이 아니라
연민이라지

푸른 소나무

저 커다란 바위 위에 홀로 서있는
나무를 보라 얼마나 당당한가
저 하늘 끝 거친 바람 앞에
파도 앞에서도 곧은 마음
나를 지키는 마음 얼마나 든든한가

높은 하늘에서 내려다보는 땅
아래는 얼마나 아름다운가
깊이 헤아리는 마음
끊임없이 포용하는 구름에
내 가슴은 작지 않은가

병풍처럼 둘려있어 나를 가두어도
망망대해 나 홀로 있어도 나 외롭지 않네
새들의 노랫소리 파도 소리
가슴 울리는 별들의 고향

오늘 하루가 고달프고 힘들어도 일어나
저 푸른 소나무가 되어 보자
삶이란 푸르게 푸르게
홀로 늙어가는 소나무 라네

흐르는 청춘

오늘이 지나면 또 오늘이 오고
아침에 출근하면 퇴근시간이지만
마음만은 그 자리에 멀러 있으니 참 좋다
소나무는 늙어도 푸르고
대나무는 나이를 먹어도 변함이 없는데
흐르는 물소리는 세월에 떠밀려 울며 간다

가는 세월 잡을 수 없는 시간
그 누가 잡을 수 있으랴
잠시 왔다가는 삶 즐기다 가세나
가을 단풍 구경하고 푸른 공기 마시며
계절의 변화를 느끼면서
늙어가는 것이 청춘이 아니던가

숲속에 다람쥐 쳇바퀴 돌듯
바람 소리 새소리 친구가 되어
물 흘러가듯 흘러가다 보면
바다에 다다르지 않을까
굽이굽이 돌아온 강물처럼
산을 넘고 강을 건너 비바람도 맞고
눈보라도 맞으며 오늘도 그냥저냥
허허 웃고 무더 가며 살아가 보자꾸나

가을바람

가을바람은 단풍 되어
빨갛게 노랗게 불어온다
황량한 들녘에 싸늘한 바람이

가을바람은 텅 빈 들녘에
허수아비 마음 되어 불어온다
황금 물결치는 문전옥답에
모래바람 되어 불어온다

바람에 흔들리는 때
힘없는 너의 마음을 향한 그리움인 것을
발가벗은 나무가 되고서 알았다

내 가슴에 사랑을 불어놓으며
영원을 약속한 푸른 나뭇잎
작은 소리에 떠났을 세상
활활 불을 붙이며 바람이 분다

여음

강물이 흘러가는 대로 내 마음도 흐르고
아무 말 없이 바라만 보았죠
눈물은 가슴골을 타고 바다로 흘러가는데
슬픔만 싣고 떠나죠

흐르는 물결 위에 너의 얼굴 떠오르는데
반짝이는 윤슬이 너의 눈빛인데
가슴 한편이 허전하다

저 멀리서 너에 그림자가 보이면
내 마음은 심쿵해지고
저 멀리서 바람 소리 들려오면
너에 향기에 취할 것만 같아

잡으려면 더 멀리 보이는 저 별처럼
사랑한다 말하면 눈 감고 서있을까
달을 보며 어둠 속에 잠들지 않을까
오늘은 왠지 작아지는 가슴이 슬퍼진다

물 흐르는 소리 맑은데
너의 여음은 네게 이토록 길구나
흐르는 강물에 너에 얼굴이 흔들린다
바람에 너에 향기가 실어 온다

물멍

물이 흐르는 남강 멍하니 바라보았죠
아침햇살에 피어나는 물 안갯속
어디로 가야 하는지
어디서 멈출지 모르는 길을 바라보았죠

가뭄에 거북이 등처럼 갈라지지 않기
사랑하는 마음 끊임없이 흐르기를
물 불 가리지 않고 덤벼들지 않기
뽀얀 젖가슴에 유혹당하지 않기
낙엽처럼 떨어져도 두려워하지 않고
가볍게 내려앉기를

고인 물 되어 섞지 않기
서러움에 눈물 보이지 않기
이별에 두려 하지 않기로 다짐했지요

굽이굽이 흘러가는 저 강물처럼
하늘도 품고 구름도 품고
산길도 돌아가며 멍하니 바라보았죠

내 마음의 촛불

초판 발행 2024년 12월 8일
지은이 윤용운
펴낸이 이민숙
펴낸곳 오선문예
등록번호 제 2024000028호
주소 서울시 강동구 양재대로
전화 010-3750-1220
이메일 minsook09@naver.com

ISBN 979-11-988410-2-5
값 12,000원